Egalité

LA

PIÉTÉ FILIALE,

PETITE PIÈCE

POUR

LA CAMPAGNE,

PAR M. J. J. ENGEL,

TRADUITE PAR J. H. E.

———

M. DCC. LXXXI.

Avec approbation.

PERSONNAGES.

RODE, vieux laboureur.

RACHEL, fa femme.

GOTTON, fa fille.

MICHEL, prétendu de Gotton.

CATHERINE, mère de Michel.

LE MAITRE D'ÉCOLE.

UN ENROLEUR.

UN MESTRE DE CAMP de Cavalerie.

Des Soldats.

Des Payfans.

La fcène eft dans une petite place garnie d'arbres, devant la maifon ruftique de Rode, fur le derrière de laquelle s'élève une petite colline.

LA
PIÉTÉ FILIALE,

PIÈCE

EN UN ACTE.

SCÈNE PREMIÈRE.

RODE (*sortant de la maison, en étendant les bras comme un homme qui sort de son lit.*)

Que je suis bon ! Qu'est-ce qui m'empêche de dormir plus long-temps ? Je suis encore tout fatigué. — Mais quoi, dormir ! Il m'est impossible de dormir par une si belle matinée ; quand je n'ai pas vu le lever du soleil, je ne suis pas à mon aise pendant toute la journée. — Comme il s'élève superbement là derrière, qu'il est brillant, quels beaux nuages l'accompagnent ! Je l'ai déja vu se lever plus de mille fois, & il me semble toujours que c'est la première. — Ah! peut-être mon fils est-il aussi déja sur pied. — Dans les camps on ne dort pas long-temps. Peut-être est-il, ainsi que moi, en extase devant ce bel astre, & songe-t-il

A 2

à fon père comme moi je fonge à mon fils. — Bon
& brave garçon, qui m'auroit dit, lorfque tu étois
petit, que tu me cauferois tant de joie & me pro-
curerois tant de confolation ?

SCÈNE II.

RODE, RACHEL.

RACHEL.

Comment, déja dehors, mon ami ? je ne favois
ce que tu étois devenu.

RODE.

Je regarde lever le foleil. Il m'a fait penfer à
notre cher Frédéric. — Que fait-il bien actuellement ?

RACHEL (affligée.)

Hélas ! peut-être ne fait-il plus rien.

RODE.

Toujours tes anciennes inquiétudes ? Crois-moi,
nous le reverrons', aufli vrai que je refpire; ne
prions-nous pas le ciel tous les jours pour cela ?

RACHEL.

Il eft foldat, mon ami ; un foldat n'eft jamais
en fureté. Combien d'angoiffes & de peines cela
ne me caufe-t-il pas ? Souvent, quand j'entends
lire fes lettres, & lorfque vous croyez que je pleure
de plaifir, c'eft la douleur & le chagrin qui me font
fondre en larmes. Je penfe toujours que c'eft la

dernière qu'on lira de lui ; & cet argent qui accompagne chaque fois ſes lettres , je ne ſaurois le regarder ſans une peine mortelle : avec cet argent , dis-je , le roi lui paie ſon ſang ; — & nous , ſes parens , nous le prenons pour vivre à notre aiſe. — Ah ! mon ami !

RODE *(branlant la tête.)*

Le roi lui payer ſon ſang !

RACHEL.

Eh ! quoi donc ? Son ſang & ſa vie.

RODE.

Non , ma bonne amie : à la bonne heure , s'il ſervoit un prince étranger , alors tu aurois raiſon , & je ne prendrois pas un liard de ſon argent. — Mais ne ſert-il pas ſon roi , notre bon roi ? & ne lui doit-il pas ſon ſang & ſa vie ? ne les doit-il pas à la patrie ?

RACHEL *(ſoupirant.)*

Ah ! ſi nous avions ſeulement la paix !

RODE.

Le monde dit qu'elle eſt faite.

RACHEL.

Eh , mon ami , que ne dit pas le monde ?

RODE.

Mais ſi déja , par-ci , par-là , quelques régimens rentroient en garniſon , que dirois-tu ?

RACHEL.

Ah ! ſi telle étoit la volonté du ciel !

A 3

R O D E.

Et cela eft pourtant vrai , tu peux y compter.
— Nous aurons la paix plutôt que nous ne le
penfions & alors notre Frédéric viendra en garnifon
pas bien loin d'ici. — Comme nous nous y traîne-
rons toutes les femaines une fois !

R A C H E L (*contente.*)

Comment une fois ! deux fois , trois fois ! Une fois
ne fuffiroit pas à mon cœur. — Mais que ferons-
nous , que dirons-nous lorfque nous le reverrons ?
le reconnoîtrons-nous bien encore ?

R O D E.

Je reconnoîtrai , je penfe , mon fils !

R A C H E L.

En habit d'officier , mon ami , — tout couvert
d'or , un ruban au col , avec une étoile au bout.
— Ne m'as-tu pas dit qu'il étoit décoré d'un
ordre ?

R O D E.

Oui , d'un ordre , & pour s'être bien comporté
à la guerre.

R A C H E L.

Comme il aura bonne mine , mon ami !

R O D E.

Il aura , fans doute , la mine d'un brave foldat.
— A la vérité , ce n'eft ni l'habit , ni l'ordre qui
lui donneront bon air , mais cette cicatrice qu'il a
fur le front ; — c'eft-là , ma chère amie , la marque
d'honneur d'un vrai foldat , c'eft elle qui indique
que le cœur de notre Frédéric eft bien placé.

SCÈNE III.

Les précédens, LE MAITRE D'ÉCOLE.

LE MAÎTRE D'ÉCOLE.

Bon jour, père Rode ; bon jour, la mère.

RODE.

Bon jour, monfieur le magifter. (*Ils fe donnent la main.*)

LE MAÎTRE D'ÉCOLE.

Rien de nouveau de votre fils ? le mois tire cependant vers fa fin.

RODE.

Ah, ma chère, il me fait fouvenir que je me couchai hier avant le retour de Gotton. A-t-elle rapporté quelque chofe ?

RACHEL.

Oh oui-dà ! & auffi une lettre ; mais elle dort encore fi bien. — Dois-je l'éveiller ?

RODE. *(Elle fort.)*

Dis-lui feulement que fon père la cherche.

SCÈNE IV.

RODE, LE MAITRE D'ÉCOLE.

RODE.

Savez-vous bien, M. le magifter, que mon fils n'eft plus capitaine de cavalerie, qu'il eft meftre de camp, qu'il commande un efcadron.

LE MAÎTRE D'ÉCOLE.

Cela n'eſt pas poſſible ! Son eſcadron à lui en
propre ?

RODE.

Rien n'eſt cependant plus vrai. M. le curé l'a lu
dans ſa dernière lettre. Mon fils a toujours le bonheur de faire ſes belles actions en préſence du roi.
—— C'eſt par ces heureux haſards qu'il a monté ſi
rapidement en grades, qu'il a obtenu les marques
d'ordre & ſon eſcadron.

LE MAÎTRE D'ÉCOLE.

Mais racontez-moi donc comment ?

RODE.

Ecoutez ſeulement, monſieur le magiſter écoutez ; dans la dernière bataille, près de, de.........
près , —— morbleu, je ne puis jamais me rappeller
les noms ! —— c'eſt-là que tout le régiment étoit
déjà en déroute , la plupart des officiers ou morts
ou bleſſés ; mon fils lui-même avoit été frappé
d'une balle morte , mais cela ne l'empêche point ;
par prières ou par menaces , de raſſembler trois
cents maîtres , (*toujours s'animant de plus en plus*)
il les mène vers l'ennemi, il fond ſur eux, ſon
cheval eſt tué ſous lui, il s'en fait donner un autre
& il revient avec cinquante hommes. Le roi le
voit —— & ſur l'heure, il lui donne l'eſcadron, en
lui promettant d'autres grâces. —— Oui , oui ,
monſieur le magiſter , ce que je vous dis, (*ſe
frappant les côtés*) mon fils , oui mon fils , l'a
exécuté.

LE MAÎTRE D'ÉCOLE.

Oh ! il eſt brave ; je l'avois remarqué dès l'école. — Quand les écoliers jouoient, c'étoit toujours Frédéric qui les commandoit, & quand on en venoit aux coups, les ſiens étoient toujours les plus drus. — Il eſt venu au monde avec ce courage, & cela lui eſt naturel.

R O D E (*riant.*)

N'eſt-ce pas ?

SCÈNE V.

Les précédens, RACHEL, GOTTON.

R A C H E L.

Ne la gronde pas, elle étoit déjà levée quand je ſuis entrée chez elle.

G O T T O N.

Tenez. — (*en baillant.*) Voici une lettre de Frédéric, — & votre penſion du mois. — Il y a huit écus. —

R A C H E L.

Tu veux dire ſix.

G O T T O N (*encore baillant.*)

Le maître de poſte a dit huit.

R A C H E L.

Oh ! je devine pourquoi : je parie qu'il a encore augmenté la penſion, parce que ſes revenus ſe ſont accrus. Il fait au delà de ſes facultés, ne le penſez-vous pas ? Actuellement il a un état à ſoutenir, il faut qu'il repréſente, & il en coûte pour cela.

R O D E.

Bon Frédéric ! les ſix écus me ſuffiſoient.

G O T T O N.

Et le vin, que mon frère vous a fait mettre à part chez ce gros marchand de vin, avec ſa trogne rouge, il eſt déjà dans votre chambre ; c'eſt un grand, grand panier.

LE MAÎTRE D'ÉCOLE.

Comment tout un panier !

R O D E.

Il y en aura quelques bouteilles pour vous, M. le magiſter, vous n'avez qu'à les faire prendre ; (*le magiſter fait la révérence*) mais il faut commencer par en boire une avec moi, pendant que vous lirez la lettre. Allons, ma femme, prends une bouteille, apporte trois verres, & quelque choſe pour déjeûner ; & toi, Gotton, dreſſe la petite table & donnes nous deux chaiſes ; allons, alerte. (*Rachel & Gotton ſortent.*)

R A C H E L (*tenant la porte.*)

Mais ne commencez pas à lire avant que nous ſoyons revenues, je vous en prie.

S C È N E   V I.

RODE, LE MAITRE D'ÉCOLE, GOTTON.

R O D E.

Décachetez toujours, M. le magiſter ; auſſi bien ne faut-il qu'elle ſache que ce qu'elle doit ſavoir. Je ſuis curieux de voir fi nous aurons bientôt la paix , s'il viendra bientôt lui-même.

LE MAÎTRE D'ÉCOLE.

N'eft-ce pas de la paix dont vous parlez ? Oui, il en eft queftion dans le monde , mais je ne m'y fie pas. Enrôleroit-on fi fort, fi nous avions la paix ?

RODE.

Quoi ! on enrôle toujours ?

LE MAÎTRE D'ÉCOLE.

Comment , vous ignorez donc qu'hier au foir encore, il eft arrivé un   officier avec un piquet ?

RODE.

Pour faire des recrues ? Eft-il poffible ?

LE MAÎTRE D'ÉCOLE.

Oui vraiment , auffi tous nos jeunes gens en font-ils alarmés.

RODE.

Oh, les fous ! Pourquoi alarmés ? S'ils font bons pour le fervice, qu'ils y aillent , qu'ils fervent le roi. —— Chaque homme a fon heure marquée, dit notre curé. —— Que ce foit un boulet de canon qui la faffe fonner ou une fièvre maligne, n'eft-ce pas la même chofe ? Il faut une bonne fois partir, —— fût-ce pour moi-même, telle eft ma profeffion de foi.

LE MAÎTRE D'ÉCOLE.

Mais que feroit-ce, s'ils vous prenoient votre gendre futur , l'amoureux de votre fille ? —— Prenez garde , père Rode , prenez garde , c'eft un joli garçon, grand , fait au tour.

RODE.

Celui-là n'a rien à craindre, il a des protections.

LE MAÎTRE D'ÉCOLE.

Il faut espérer.

> (*La fille qui a apporté la table & les chaises, sert le vin & les verres.*)

GOTTON (*tirant son père par la manche.*)

Mon père !

RODE.

Quoi?—Qu'est-ce?

GOTTON.

Je voudrois, mon père, vous prier de quelque chose.

RODE.

Voyons vîte ce que c'est.

GOTTON.

Hier au soir, en revenant de la ville, Michel, mon prétendu, m'attendoit à l'entrée du village. Il m'a grondé de l'avoir fait attendre toute la soirée, & d'avoir tant tardé.

RODE.

Je parie que tu veux aller déjeûner avec lui?

GOTTON (*rougissant.*)

Oui, mon père.

RODE.

Comment, avant d'avoir appris des nouvelles de ton frère?........Ma fille, ma fille, tu fais que je t'aime beaucoup, car tu es le dernier pouffin de la couvée, & tu es venue au monde quand perfonne ne t'attendoit plus. (*en la menaçant.*) Mais tiens, Gotton ma fille, fi tu n'aimes pas ton frère Frédéric. —Si tu ne l'aimes pas autant que père & mère, autant que tout le monde, —tu —tu—

LE MAÎTRE D'ÉCOLE.

Excepté l'époux qu'elle doit chérir plus que père & mère. —Allez, allez, Gotton, courez vîte.

RODE.

Et bien, puifque c'eft l'avis du magifter, à la bonne heure.

GOTTON.

Je vous remercie, mon père ; je vais être de retour plus vîte qu'une hirondelle. (*parlant bas au magifter en paffant devant lui.*) Grand merci, cher magifter, (*elle le remercie agréablement de la tête.*)

SCÈNE VII.

RODE, LE MAITRE D'ÉCOLE.

LE MAÎTRE D'ÉCOLE (*regardant la lettre.*)

Quelle belle écriture ! Comme votre fils peint bien ! Cela eft fi net, fi lifible ! C'eft pourtant à moi qu'il en a l'obligation. (*Il touffe & commence*)

" Mon cher père,

RODE.

Oh! cher Frédéric de mon ame !

LE MAÎTRE D'ÉCOLE.

,, Actuellement que la paix est signée, voici la
,, dernière lettre que vous recevrez du camp.

RODE.

Dieu soit loué, nous avons donc la paix; comme
ma femme va être bien aise!

LE MAÎTRE D'ÉCOLE.

,, vous y trouverez joint l'argent que vous avez la
,, bonté d'accepter de moi.

RODE.

Oui, avec plaisir.

LE MAÎTRE D'ÉCOLE.

,, comme mes revenus sont augmentés, per-
,, mettez-moi d'y ajouter à l'avenir deux écus de
,, plus.

RODE.

Non, mon fils, je ne veux pas cela, tout
doit avoir ses bornes, même l'amitié & la tendresse que tu as pour moi. —Poursuivez, monsieur
le magister.

LE MAÎTRE D'ÉCOLE

,, Il y a quelques jours que j'ai éprouvé le plus
,, grand plaisir que j'aie senti de ma vie, il faut
,, que je vous l'explique.

RODE (*vivement affecté.*)

Oui.—Quoi, quoi donc?

LE MAÎTRE D'ÉCOLE.

,, Le roi m'a fait la grace de m'admettre à sa
table.

RODE.

A fa table! mon Frédéric à la table du roi !——
Million de mondes, comme ils auront ouvert
de grands yeux, ces Meffieurs de la nobleffe! ——
Continuez.

LE MAÎTRE D'ÉCOLE.

,, Il me parla beaucoup, & daigna me combler
,, d'éloges fur mes actions.

RODE.

Oh! je ne me fens pas d'aife.

LE MAÎTRE D'ÉCOLE.

,, à la fin il me demanda de quelle maifon j'étois,
,, quel étoit le lieu de ma naiffance, quelle étoit
,, mon père.

RODE (*riant en foi.*)

Le roi s'eft informé de moi? Le bon Prince! ——
Eh bien, que lui a-t-il répondu? oh vîte, monfieur
le magifter.

LE MAÎTRE D'ÉCOLE.

,, Je lui nommai notre village & vous, mon père.
,, Sire, continuai-je, vos fujets font tous vos fujets,
,, mais fi le plus digne de l'être eft celui qui a le meil-
,, leur cœur, celui qui poffède au degré le plus émi-
,, nent l'amour & la fidélité pour fon roi, j'ofe affurer
,, votre majefté, qu'un des plus eftimables eft
,, celui dont je tiens le jour. Je fuis fier de lui, &
,, je m'en honore; je ne le changerois pas pour tous
,, les pères du monde, quelque pauvre qu'il foit.

RODE (*levant les mains au ciel.*)

Bon dieu! c'eft comme fi je l'entendois parler.

LE MAÎTRE D'ÉCOLE.

„ C'eſt à lui que je ſuis redevable des ſentimens
„ d'honneur qui m'animent , & de mon zèle pour
„ votre ſervice : dès ma plus tendre jeuneſſe, il m'a
„ fait conſtamment l'éloge de votre majeſté, de ſes
„ vertus , de ſa bravoure.

„ C'eſt ainſi , mon père , que je parlai : & du
„ plaiſir de vous louer en préſence du roi , mes yeux
„ ſe remplirent de larmes délicieuſes. (*Rode eſſuye*
„ *les ſiennes.*) Le roi fut touché de ma piété filiale,
„ il prit le verre qui ſe trouva devant lui , & me
„ porta votre ſanté , haut , devant tous les con-
„ vives ; il m'ordonna de vous le mander & de
„ vous aſſurer de ſes bonnes graces.

R O D E (*ſautant de ſa chaiſe.*)

Oh ! cela eſt-il poſſible, monſieur le magiſter ?
Le roi, le roi !

.LE MAÎTRE D'ÉCOLE.

Oui , comme vous venez de l'entendre, —— il a
bu a votre ſanté.

R O D E (*court tranſporté de joie vers la maiſon*
& appelle avec vivacité.)

Ma femme ! Ma femme ! Laiſſe tout , quitte
tout , ſors vîte.

R A C H E L (*en dedans.*)

Quoi donc , mon ami ?

R O D E.

Et ſors donc , te dis-je , écoute.... apprends,
viens, viens donc.

SCÈNE

SCÈNE VIII.

Les précédens, RACHEL.

RODE (*en l'embrassant.*)

Ah! ma chere vieille amie! Quel fils tu m'as donné!

RACHEL (*met le déjeûner sur la table, que le Maître d'école attaque aussitôt.*)

Qu'est-ce qu'il y a mes enfans? Je tremble de joie! Avons-nous la paix?

RODE.

Ouf, la paix! (*avec feu*) & notre fils qui a dîné avec le roi, & le roi qui lui a demandé des nouvelles de notre village, de nous, de moi. —— Et mon fils qui lui a répondu que j'étois un sujet fidele, & il lui a dit qu'il ne me troqueroit pas pour tous les pères du monde. —— Ah! je pleure de joie. —— Et voilà le roi qui a bu à ma santé & qui m'assure de ses graces : (*Rachel se bat les flancs à maintes reprises.*) Oui, ma chère femme, & maintenant il faut à notre tour boire à la santé du roi. —— Versez, courage! prends cela, ma femme; & vous, M. le magister, prenez ceci. Voilà pour moi. Allons, choquons, comme cela. —— & crions tous, (*Il ôte son bonnet & crie,*) vive le roi! vive le roi!

LE MAÎTRE D'ÉCOLE.

Qu'il vive, aussi long-temps que notre église!

B

RACHEL.

Qu'il vive, autant qu'il est bon !

LE MAÎTRE D'ÉCOLE (*s'essuyant la bouche & tendant le verre.*)

Ma foi, cela vaut bien encore un coup.

RODE.

Mais, écoutez, monsieur le magister ; il faut mander à mon fils que nous avons fait raison au roi, qu'il doit le remercier & l'assurer aussi de mon respect ; ne l'oubliez pas.

LE MAÎTRE D'ÉCOLE.

Comment, père Rode ! cela ne conviendroit pas.

RODE.

Quoi ? — Qu'est-ce qui ne conviendroit pas ? — Le roi est un homme comme nous tous, & je pense qu'il doit être bien aise de se voir aimé par des hommes.

RACHEL.

Donc, mon ami, nous avons enfin la paix ? —

RODE.

Oui vraiment, il l'a marqué lui-même.

RACHEL (*en le regardant avec tendresse & lui mettant la main sur l'épaule.*)

Il nous reviendra donc bientôt ; il nous fera une visite ce bon Fréderic ; nous le reverrons enfin ce cher enfant.

RODE.

Patience, nous apprendrons tout cela.

RACHEL.

Ah ! s'il pouvoit venir avant la nôce de Gotton, ce feroit une double fête.

RODE.

Patience, patience, monfieur le magifter va con-tinuer de lire, — mais avant il faut que je boive à la fanté de mon cher fils ; & cette fanté, la mère, je te la porte. Il fut toujours ton Benjamin : — allons, qu'il vive !

RACHEL (*attendrie.*)

Je te remércie, mon cher ami.

LE MAÎTRE D'ÉCOLE.

Qu'il fleuriffe, qu'il reverdiffe !

RACHEL.

Mille graces, monfieur le magifter.

RODE (*pofant le verre.*)

Comme le cœur me bat chaque fois que je bois à la fanté de mon fils ! Que la bénédiction du ciel foit fur lui ! Il a donné un fi bon témoignage de moi au roi, — & moi, mon bon dieu ! (*le bonnet entre fes mains & levant la face au ciel*) devant toi, je donne le témoignage qu'il s'eft montré plein de gratitude pour moi, qu'il n'a pas rougi de ma pauvreté ; qu'il s'eft fait un plaifir d'honorer les cheveux gris

B 2

de fon père; — je ne puis, — mais toi, grand dieu!
tu peux l'en récompenfer.—

R A C H E L.

Oh! lifez encore, monfieur le magifter, peut-
être—

LE M a î t r e d'É c o l e (*cherche où il en eft refté,
Rode & Rachel attentifs fe remettent à côté
de la table.*)

» m'admit à fa table. — Où en fuis-je refté? —
» Votre fanté; & m'ordonna. —Ah m'y voilà. —il
» m'ordonna de vous affurer de fes bonnes graces. Je
» n'y pouvois tenir plus long-temps ; mon ame
» étoit dans la plus vive agitation, je me précipitai
» aux pieds du roi, & je lui dis : de toutes les
» graces dont votre Majefté m'a comblé ———

S C È N E I X.

Les précédens. G O T T O N.

G O T T O N (*fuffoquée & éperdue.*)

Au fecours, au fecours ; mon père, les recruteurs !

R O D E (*épouvanté.*)
Comment ?.... Quoi?....

R A C H E L (*avec angoiffe vers Gotton.*)
Ma fille, qu'eft-il arrivé ?

G O T T O N.
Les enrôleurs , mon père, les recruteurs.....

LE MAÎTRE D'ÉCOLE.

Ah, nous y voilà, je parie qu'ils tiennent Michel.

RACHEL.

Ciel! quel malheur!

RODE.

Comment! Par force, en pleine paix? Cela n'eſt pas naturel.

LE MAÎTRE D'ÉCOLE.

Oui, comme ſi dans les états du roi on ne pouvoit jouir d'un moment de paix; comme ſi, une fois dans la vie, nous ne pouvions poſſéder en ſureté nos enfans; que Dieu nous ſoit en aide!

RODE (*choqué.*)

Taiſez-vous, monſieur le magiſter, ne blâmez pas notre monarque, cela me fait toujours de la peine; il eſt le père & le défenſeur de ſes peuples, il faut bien que les bras de nos enfans l'aident à nous défendre; que deviendroient nos terres, ſi nous ne faiſions porter le joug à nos bœufs; & nos troupeaux, ſans nos chiens vigoureux? Tenez, monſieur le magiſter, ſi vous voulez que nous reſtions amis, ne tenez plus de pareils propos.

GOTTON.

Mais, mon père, allez donc de grace, tâchez de le dégager. —— Vous êtes ſon père comme le mien, & ce vilain enrôleur vous reſpectera, j'en ſuis ſûre, car tous les hommes vous portent reſpect.

RODE.

Fille trop ſimple! Tous les hommes ne ſont pas de notre village.

B 3

SCÈNE X.

Les précédens, CATHERINE.

CATHERINE.

Je n'en puis plus.—Je meurs de douleur.

RACHEL.

Ah! que vous me faites de peine, la bonne mère!
que mon fils n'eſt-il là! Il pourroit nous aider.

RODE.

Raſſurez-vous, raſſurez-vous. Tout ce qui me fâche
c'eſt d'être troublé ainſi dans le plus beau moment
de ma vie. —— Cela ne ſera pas auſſi ſérieux que
vous le penſez. Il ne vous enlevera pas votre fils
unique : —— cela ſeroit contre les Ordonnances. Je
m'en vais parler à ce recruteur.

GOTTON.

Et moi auſſi, mon père, je veux vous ſuivre,
je veux pleurer, prier & conjurer, juſqu'à ce qu'il
nous ſoit rendu. (*Rode & Gotton ſortent.*)

RACHEL (*criant après lui.*)

Sois prudent, mon ami, ne t'expoſes pas.

SCÈNE XI,

LE MAITRE D'ECOLE, RACHEL, CATHERINE.

LE MAÎTRE D'ÉCOLE (*à Catherine.*)

Une veuve ſi reſpectable, l'affliger de la ſorte
Lui enlever la reſſource de ſa vie !

CATHERINE.

Je fuis fi effrayée que les pieds & les mains me tremblent.

LE MAÎTRE D'ÉCOLE (*lui donne la chaife.*)

Affeyezvous, mettez-vous-là, ma bonne, il ne faut jamais défefpérer dans l'adverfité.

CATHERINE.

Ils m'en ont déjà enlevé trois par force, que je n'ai jamais revus, & mes yeux ne reverront pas celui-ci davantage.

LE MAÎTRE D'ÉCOLE (*avec un ton confolateur.*)

Prenez patience, mère Catherine, une bonne chrétienne doit fe réfigner.

RACHEL (*qui attendoit avec impatience fur le fond de la fcène.*)

Oh ciel! j'entends du bruit dans le village, pourvu que mon mari n'en foit pas la victime, pourvu qu'il ait été maître de fa vivacité. — Allez-y donc, mon cher magifter.

LE MAÎTRE D'ÉCOLE.

Moi! — Moi! —

RACHEL.

Vous êtes un homme confidéré, un eccléfiaftique.

LE MAÎTRE D'ÉCOLE.

Eh! vraiment c'eft une raifon de plus pour ne pas y aller. — Ces garnemens ne refpectent perfonne, & les eccléfiaftiques encore moins que tout

B 4

autre. S'ils peuvent nous molefter, ils n'y manquent jamais. — Oh ! que je ne fuis pas fi fou d'aller m'expofer à leur brutalité ; ils me diroient, fourrez votre nez dans vos livres, & laiffez-nous tranquilles, au nom de tous les diables. —dieu me pardonne, — & puis, je fuis auffi un peu colère ; cela pourroit caufer du vacarme. Non — non, — à moins d'être ivre, je ne ferai jamais une pareille fottife.

RACHEL.

Vous êtes notre ami , & vous refufez de nous aider !

LE MAÎTRE D'ÉCOLE.

Mais écoutez donc, entendez donc raifon. — Confidérez mon état. — Pour de la confolation, vous en trouverez chez moi en abondance ; mais vous fecourir contre des foldats ! Cela n'eft pas de mon miniftère. —

SCÈNE XII.

Les précédens, RODE, GOTTON, MICHEL, LE RECRUTEUR, des Soldats & des Payfans.

CATHERINE (*court à Michel.*)

JE te retrouve, mon fils. — Ils m'ôteront plutôt la vie, que de t'enlever à ta mère.

GOTTON (*le careffant.*)

Mon cher, mon bon Michel !

LE RECRUTEUR.

Allons. — Marche. — A quoi fert tout ce bruit? Ces lamentations ne mènent à rien.

RODE (*prenant le recruteur par le bras.*)

Qu'on puiffe du moins vous parler, M. le fergent?

LES PAYSANS (*parlant les uns avec les autres & répétant.*)

Enlever un dernier héritier de fon bien, un fils unique! — Non, ce n'eft pas là la volonté du roi; — il ne fauroit ordonner une pareille injuftice.

RODE.

Mes enfans, filence, taifez-vous, ne gâtez point nos affaires.

LE RECRUTEUR.

Et duffiez-vous marcher fur la tête, faquins, vous marcherez. (*frappant fur fa poche.*) Voici mon ordre, & cela doit fuffire.

LES PAYSANS (*comme auparavant.*)

Son ordre, fon ordre; il n'y a rien de cela dans fon ordre. Dégarnir un ménage, défoler une veuve, cela ne peut être dans fon ordre.

RODE (*faifant figne aux payfans de fe taire.*)

Approchez, monfieur le recruteur; une bonne parole a toujours trouvé une bonne place.

LE RECRUTEUR.

Et parbleu, je n'attends que cette bonne parole; voyons, de quelle couleur eft-elle?

R O D E.

Tenez, monfieur le fergent, j'aime le roi de tout mon cœur, & le ciel fait que j'en ai fujet. — Si je n'avois pas la certitude que la paix eft fignée, & que le roi eft hors de danger.....

L E R E C R U T E U R.

Halte-là, tout cela eft pur verbiage.

R O D E.

Prenez garde, monfieur le recruteur.

L E R E C R U T E U R (*s'appuyant fur fa canne.*)

Eh bien?

R O D E.

Ce jeune homme eft le prétendu de ma fille, il eft fils unique; malgré cela, fi la paix n'étoit pas fignée, je ferois le premier à dire, prenez-le. Que pourroit-il faire de mieux dans le monde, que de combattre pour fon roi? — Acceptez-moi auffi, dirois-je, ma tête eft grife, mes os font defféchés, mais pas affez, pour que je ne puiffe encore frapper quelque bon coup. La joie que me caufe mon fils, m'a rajeuni. — Je combattrois tant que je pourrois porter une arme; & ne le pouvant plus, j'affemblerois les jeunes gens au tour de moi, je les exhorterois à fe bien comporter; je me jetterois au devant de ceux qui voudroient prendre la fuite, & avant de fuir, ils m'écraferoient, moi, pauvre vieillard. Oui, fur mon ame, monfieur le recruteur—Voilà ce que je ferois, fi les circonftances l'exigeoient.

LE RECRUTEUR.

Et moi je dirois, vieillard, vous radotez, vous avez perdu l'efprit.

RODE (*un pas en arrière & la main fur le côté.*)

Comment, monfieur, & vous êtes un foldat?

LE RECRUTEUR (*avec hauteur.*)

Ne le voyez-vous pas?

RODE.

Oui, à votre uniforme, mais non pas à vos fentimens. Si vous êtiez un vrai foldat, vous feriez touché de ce que je vous dis.

LE RECRUTEUR (*levant fa canne.*)

Comment vieux grifon, vous ofez?——

LES PAYSANS.

Point de violence, point de violence!

RACHEL (*avec anxiété.*)

Ah, mon cher ami; tu voulois l'adoucir, & tu commence par te fâcher.

RODE.

Bref, monfieur le fergent, la paix eft faite: nous le favons, & votre conduite dans ce canton pourroit bien vous mal réuffir. Vous tranchez ici de l'important, mais fouvenez-vous que vous avez des fupérieurs & des chefs; fi j'écrivois cela à mon fils le meftre de camp: —— vous pourriez vous en repentir.

LE RECRUTEUR.

Comment ! vous avez un fils meſtre de camp ?

RODE.

Oui , du régiment de Schwanfeld , ſi vous le connoiſſez ? L'ancien capitaine Rode.

LE RECRUTEUR,

Mille bombes de Schweidniz.

RODE (*tout à coup confidemment.*)

Oh ! Je vois que vous le connoiſſez , monſieur le recruteur. Vous venez ſurement de l'armée , & vous pourrez me dire bien des choſes de mon fils ; (*faiſant ſigne aux autres de ſe retirer*) retirez-vous , mes enfans , monſieur le recruteur va boire un coup avec moi.

LE RECRUTEUR.

A la bonne heure , vous n'avez qu'à vous en aller , & m'attendre là-bas , je vais vous ſuivre. (*Catherine & Gotton qui eſpèrent de ravoir Michel , pa-roiſſent contentes & ſe retirent avec les ſoldats & les payſans.*)

RODE (*à Rachel.*)

Encore une bouteille , ma femme , vîte. (*au recruteur*) Ce vin eſt bien bon , n'eſt-ce pas ?

LE RECRUTEUR.

Oui , très-bon. (*à part*) Beaucoup trop pour un manan comme toi. (*Rachel ſe retire.*)

SCÈNE XIII.

RODE, LE RECRUTEUR, LE MAGISTER,
enfuite RACHEL.

LE RECRUTEUR.

Ainfi ce mauvais diable eft votre fils , lui qui ,
pendant que j'étois dans fon régiment , a manqué
me caffer les côtes à coups de canne ?

RODE.

Que me dites-vous là , monfieur ? Comment !
vous connoîtriez fi intimément mon fils.

LE RECRUTEUR.

Oui, de par tous les diables , j'ai ce fatal honneur.

RODE (*en lui préfentant un verre de vin.*)

Tant mieux, tant mieux ; mon fils porte donc
une bien bonne canne ? (*Rachel apporte encore une
bouteille.*)

LE RECRUTEUR (*après avoir vuidé le verre.*)

Que le diable l'emporte avec fa canne. Pour une
pareille bagatelle être fi impitoyablement roffé ; un
miferable verre de vin de trop.

RODE (*continuant de verfer.*)

En vérité cela me réjouit de tout mon cœur.

LE RECRUTEUR.

Comment morbleu, cela vous amufe ?

R O D E.

Oui, monſieur le fergent, de ce que mon fils
vous connoît ; de ce qu'il a profité de mes principes
pour le bon ordre. —— Oh ! j'aime beaucoup l'ordre
moi. (*le Recruteur boit encore un coup.*)

LE MAÎTRE D'ECOLE (*le voyant avec envie.*)

Bois, toi, & tous les efprits infernaux.

R O D E.

Mais, puiſque vous venez de l'armée, monſieur
le fergent, & puiſque vous avez fervi dans le même
régiment que mon fils, vous pouvez favoir s'il ſe
mettra bientôt en marche, s'il fera détaché dans ce
canton comme avant la guerre, ſi je le verrai bientôt
dans notre voiſinage.

R A C H E L.

Oui, monſieur le fergent, revoir notre fils eſt
la feule efpérance qui foutienne notre vieilleſſe.

L E R E C R U T E U R.

Ce que j'en fais, vous ne tarderez pas à le favoir
auſſi ; mais auparavant verſez encore un coup.

R O D E.

De tout mon cœur, je fuis ravi que vous
trouviez mon vin de votre goût : —— c'eſt mon fils
qui me l'envoie pour reconforter mes vieux jours.

L E R E C R U T E U R (*avalant toujours.*)

Bourre, Bourre.

LE MAÎTRE D'ECOLE (*à part.*)

Puisse-tu avaler du poison, infame ivrogne !
Le pauvre panier sera bientôt vuide.

RODE (*avec empreſſement.*)

Et que ſavez-vous donc, monſieur le recruteur ?

LE RECRUTEUR.

Moi ? rien, ſinon que votre vin eſt excellent, &
que j'en boirois volontiers encore, ſi je n'en avois
bu trop vîte. — Bourre, il me revient. — Ah ça ;
parlons d'affaires : quand vous m'auriez verſé du
Champagne, quand vous auriez dix fils meſtres de
camp, je vous déclare qu'il me faut de l'argent ou
Michel ; ainſi, décidez-vous vîte.

RODE.

Comment monſieur, vous prenez les ſujets du
roi, & vous les rendez enſuite pour de l'argent !

LE RECRUTEUR.

Pourquoi pas ? Le roi a beſoin de ſoldats, ſi je
vous rends Michel, il faut que je le remplace par
un autre, & pour cela il faut de l'argent ; les ſoldats
ne volent pas dans l'air, ils ne ſortent pas de terre
comme des champignons ; ainſi, qu'on me paie
trente écus, ou marche.

RODE.

Trente écus ! Où voulez-vous que je les prenne ?
(*il lui préſente le paquet de ſes huit écus.*) En voici
huit.

LE RECRUTEUR.

Que voulez-vous que je fasse de cette misère?
(*en repoussant sa main*) Si vous n'en avez pas assez,
dites à la mère de fouiller dans ses poches.

RODE.

Sa mère! Hélas! Elle n'a d'autre bien que le
travail de son fils.

RACHEL.

Ayez compassion, monsieur le Recruteur. ———

LE RECRUTEUR.

Compassion! De qui?

RACHEL.

De nous tous, que vous allez rendre malheureux,
d'une jeune fille qui se désespereroit, si elle perdoit
son prétendu.

LE RECRUTEUR (*ricanant.*)

Ha, ha, ha! Ce petit bijou est donc si amoureux?

RACHEL.

D'une pauvre veuve, qui, sans le secours de
son fils, périroit de misère, & dont les larmes vous
attendriroient.

LE RECRUTEUR.

Allez, allez, les larmes sont inutiles auprès du
soldat. Il a bien à faire de la compassion! Vous
n'auriez qu'à voir en pays ennemi, on y travaille
bien autrement; c'est-là qu'il faut de l'argent, où
l'on vous coupe nez & oreilles.

LE

LE MAÎTRE D'ÉCOLE (*tremblant.*)

Oh ciel!

LE RECRUTEUR.

Parbleu oui, nous ne nous amusons pas à nous laisser toucher de compassion! Casser dents & mâchoires, ou rouer de coups, c'est-là notre métier de tous les jours chez l'ennemi.

LE MAÎTRE D'ÉCOLE (*à part.*)

Cet homme a un pacte avec le diable. Dieu veuille nous assister!

LE RECRUTEUR.

Vous n'avez qu'à demander à votre fils quand il sera de retour. — Sur mon ame, il n'en a pas agi autrement. — Bref, je vous donne encore un quart-d'heure, ensuite marche, ou de l'argent. (*Il sort.*)

SCÈNE XIV.

RODE, RACHEL, LE MAITRE D'ÉCOLE.

R O D E.

Comme cet argent pèse à mes mains! Avez-vous entendu ce que ce scélérat a dit de notre fils?

R A C H E L.

Il a dit d'infames mensonges, & je ne les aurois pas écouté si patiemment, sans le malheur de notre pauvre Gotton qui m'oblige à le ménager.

C

LE MAÎTRE D'ÉCOLE.

Oui vraiment, maître Rode ; la bonne mère a raison, votre fils est un brave & honnête homme.

RODE.

Et s'il ne l'étoit pas, croyez-vous que je l'eusse remercié ; que j'eusse joui avec plaisir d'un bien mal acquis, arrosé des pleurs des malheureux. — Il me fait de la peine d'y songer seulement ? — Je travaillerois plutôt jusqu'à ce que le sang me sorte des doigts. — Je remplacerois jusqu'au dernier liard. — Mais non, non, — resserrons cet argent. — (*Il empoche ses écus.*) Un mauvais sujet mépriseroit son père. Venez, venez mes enfans, nous allons suivre, nous accompagnerons un bout de chemin ce bon Michel. — Huit ou quinze jours d'absence ne font pas un si grand malheur ; mon fils saura bien le dégager.

RACHEL.

Mais, mon ami, comment consoler cette pauvre Gotton ?

SCÈNE XV.

LE MAÎTRE D'ÉCOLE (*qui fixe toujours les bouteilles & revient enfin sur le devant de la scène.*)

Puisqu'il revient dans huit ou quinze jours, qu'ai-je besoin de les accompagner ? — J'ai envie de boire encore un verre de ce bon vin, de peur qu'il ne s'évente, & puis il me reste à achever la lecture de la lettre : (*la lettre est encore dans sa main*) elle m'a rendu curieux. (*Il verse & lit en s'asseyant.*) ,, Le ,, six de ce mois. —— Holà , c'étoit hier. (*Il continue* ,, *vîte de lire.*) ,, Le sept —— (*se levant rapidement*) Oh ! à présent, & Michel & Gotton sont hors d'embarras. Il faut que je rappelle les parens. (*Il vuide le verre & court dans le fond de la scène.*) Père Rode, hé ! la mère Rachel. Venez, venez, il vient, il arrive. —— Quel plaisir n'auront pas ces bonnes vieilles gens , & quel plaisir n'aurai-je pas moi-même à le leur annoncer !

SCÈNE XVI.

RODE, RACHEL, LE MAITRE D'ÉCOLE.

R O D E.

Encore quelque chose de nouveau ? —— Mais , vous m'avez l'air si content , monsieur le magister.

LE MAÎTRE D'ÉCOLE.

Que me donnerez-vous , si Michel est libre dès ce jour. (*frappant sur sa lettre.*) Tenez , cela est écrit dans cette lettre.

R A C H E L.

Dans cette lettre ? —— Dans la lettre de mon fils ?

LE MAÎTRE D'ÉCOLE.

Positivement, il arrivera ce soir même.

R O D E.

Comment ! Aujourd'hui ? Oh ! vîte, monsieur le magister , pour l'amour de Dieu , vîte.

LE MAÎTRE D'ÉCOLE

Or, écoutez. (*Il lit.*) „ Mon régiment a auffi
„ l'ordre de décamper. Le 6 du mois prochain il
„ paffera près de votre village. „ — Voyez-vous,
maître Rode, le fix étoit hier. —

R O D E.

Seroit-il poffible, monfieur le magifter ? —
Que dites-vous ?

R A C H E L (*tirant fon almanach.*)

Oui vraiment hier fix, & il n'eft pas encore ici !

LE MAÎTRE D'ÉCOLE.

Prêtez feulement attention, & écoutez le refte. (*Il
continue de lire.*) „ au plus tard, mon père, ce fera le
„ fept du grand matin, & comme je ne ferai alors
„ qu'à un quart de mille de votre village, je remet-
„ trai le régiment au lieutenant, & je galopperai
„ vers vous. J'aurai le bonheur de vous voir,
„ de vous embraffer bien tendrement, vous, mon
„ bon père ; vous, ma vieille chère mère.

R O D E.

Oh bonheur ! Oh joie inexprimable ! Il viendra
donc. — Je veux fortir, je veux aller dans la cam-
gne ; je veux, du plus loin qu'il me fera poffible,
lui tendre les bras ; je veux lui crier auffi-tôt que
je l'appercevrai, oh mon fils ! Cher fils de mon
ame !

R A C H E L.

Refte, refte, mon ami. (*Elle le retient.*) Je ne
pourrois te fuivre, moi qui fuis fi foible ; en ne me

voyant pas, il pourroit penfer que je l'aime moins que toi.

LE MAÎTRE D'ÉCOLE

Oui, maître Rode, reftez ; mais donnez-moi vos huit écus, vîte, vîte !

RODE,

Ces huit écus, & pourquoi faire ?

LE MAÎTRE D'ÉCOLE.

Pour arrêter encore un peu ce faquin de recruteur, je les lui donnerai à compte des trente ; —— & lorfque votre fils fera arrivé, ——

RODE.

Bon, bon. Tenez, monfieur le magifter, voici les huit écus ; faites, courez, voyez comment vous réuffirez, pour moi, j'ai bien autre chofe à faire. (*Le magifter fort.*)

SCÈNE XVII.

RODE, RACHEL.

RACHEL.

Je t'en prie, mon ami, ne t'en vas pas, je périrois d'impatience, je ne faurois que devenir. —— Tiens, monte fur le côteau, tu pourras l'appercevoir de plus loin.

RODE.

Oui, voilà ma foi ce que je veux faire. Tout mon fang s'eft rallumé.

C 3

R A C H E L　(*pendant qu'il monte le côteau.*)

Il nous reviendra donc. Oh ciel ! Après tant
d'années d'abfence ! Ah ! comme le cœur me bat !
J'eus bien de la joie en le mettant au monde ,
mais cette joie-ci la furpaffe mille fois. (*Elle crie vers
fon mari*) Eh bien , père , ne vois-tu rien encore ?

R O D E　[*s'élevant fur le bout des pieds.*]
Je ne vois rien , le foleil m'éblouit.

R A C H E L.

Pourvû que nous n'ayons pas une fauffe joie.
(*criant encore.*) Ne vois-tu rien mon ami ?

R O D E.

.Oui, tout là-bas , il y a quelque chofe qui
brille. — Tenez, voici qu'ils fortent de la vallée.
Là , ils traverfent la montagne , cheval contre cheval,
& tête contre tête. — Ce font eux, ma femme　ce
font eux. —Juh. — Hé ! (*Étendant les bras au ciel.*)

R A C H E L.

Et notre fils ?

R O D E.

Un moment de patience, il ne peut plus être
bien loin. (*Pendant qu'elle veut auffi grimper fur le côteau.*)
Attends , attends. Mais ,　qui avance donc ici par
le côté — au grand galop , déjà tout près du village ?
(*Il jette fon bonnet en l'air.*) Ma femme , ma chère
femme ! Il faute en bas de fon cheval. — Dieu !
c'eft Frédéric.

R A C H E L.

Oh ciel ! Quel moment ! que je courre au devant
de lui. (*Elle s'élance à bras ouverts hors du théâtre,* &

derrière la scène on entend) mon fils , mon cher fils.
—— Ma mère.

S C È N E X V I I I.

Les précédens , LE MESTRE DE CAMP.

LE MESTRE DE CAMP (*qui entre au moment
où Rode est descendu du côteau.*)

Digne & respectable père ! (*Ils se précipitent l'un
vers l'autre à bras ouverts.*)

R O D E.

Ah mon fils ! (*en l'embrassant encore.*) Encore une
fois , mon fils. Je sens dans ce moment que mes bras
n'ont plus de vigueur , je ne puis te serrer assez fort
contre mon cœur ; —— mais mes larmes te diront
tout, tu as un père reconnoissant.

R A C H E L (*une main sur l'épaule & l'autre dans
la main de son fils.*)

Oui mon cher fils , & ta mère ne l'est pas moins.

LE MESTRE DE CAMP.

Mes chers parens , que dites-vous ? Que veut
dire cette reconnoissance ? Vous ne m'en devez
point ; c'est moi qui vous dois mille fois plus que
je ne puis faire pour m'en acquitter.

R O D E.

Paix , paix , mon fils, je veux le dire à Dieu ,
à tous les hommes ; tu nous as plus rendu que

nous ne t'avons donné : —— tu es toute notre confolation, tout le bonheur de notre vieilleffe : tes
bienfaits ont confervé & prolongé nos jours.

RACHEL.

Tu nous caufes une joie inexprimable, oui inexprimable !

LE MESTRE DE CAMP.

Eh ! n'eft-ce pas pour moi le plus grand des plaifirs?
Ma fortune feroit-elle un bonheur, fi vous n'y
prenniez part ? Croyez, mes parens, mes chers
parens, que vous avez toujours été préfens à
mon cœur. Dans le cours de mes profpérités je
ne fongeois guères à ce que j'acquerrois perfon-
nellement, je n'en jouiffois que par la réfléxion du
plaifir & du bonheur que je pourrois verfer fur
vos jours ; —— mais, quelque plaifir que j'aie goûté
dans ma vie, aucun n'a été plus grand, plus vif,
plus délicieux, aucun n'a touché plus vivement
toutes les facultés de mon ame, que celui que
j'éprouve en cet inftant où je vois des larmes de
tendreffe couler de vos yeux. (*Il prend une main du
père & de la mère, & les regardant alternativement.*) Oh !
mes dignes & chers parens, je ne puis me raffafier
du plaifir de vous voir ; mais, remettez-vous, ——
mon féjour actuel ne peut être auffi long que
je le defirerois, il faut que je rejoigne la troupe,
& j'ai cent chofes à vous demander ; dites-moi,
mes chers parens : —— que faites-vous ? Comment
vivez-vous ? —— Où eft ma fœur ? Je ne l'ai
vue qu'au berceau, que je la voie, que je l'em-
braffe !

R O D E.

Oui , je vais courir la chercher , mon fils ,
je vais y courir. (*Après quelques pas il revient.*) Mais ,
ciel! dans quel trouble je suis! Il faut que je commence par te dire.

R A C H E L.

Sans toi , ils seroient devenus bien malheureux ;
son prétendu , mon cher fils.

R O D E.

Est enlevé aujourd'hui par un recruteur , — qui ,
par bonheur est encore ici : — il attend une rançon
de trente écus, que je lui ai fait promettre , parce
que je comptois sur ton arrivée. Oh que je suis
aise que tu sois venu !

L E M E S T R E D E C A M P.

Allez, allez mon père, attirez-le ici , ne lui
dites pas que je suis présent ; cachez-le aussi à
ma sœur.

R O D E.

Bon Dieu ! Comment me tairai-je ? Moi , qui
voudrois crier à haute voix & dire à tout le monde,
il est ici, — il est arrivé. (*Il sort.*)

S C È N E X I X.

RACHEL, LE MESTRE DE CAMP.

LE MESTRE DE CAMP (*regarde sa mère & lui prend la main.*)

Comme tout est beau ici ! Je commence à m'appercevoir que je suis dans mon pays natal. Voilà

la maison après laquelle je soupirois depuis si long-
tems : — ici est la place où nous nous asseyions
les soirées d'été sur l'herbe , pour causer avec nos
voisins ; plus loin est la hauteur que j'avois choisie
pour mes jeux. — Oh ! années de ma jeunesse ,
années délicieuses ! Par-tout où je porte mes yeux ,
je vois des objets qui me rappellent quelque preuve
de votre tendresse. — Mais , ma très-chère mère ,
le plaisir brille sur votre visage , & vous ne me dites
rien.

R A C H E L.

Mon enfant , ma joie est si grande & si vive , qu'elle
ne peut sortir du fond de mon cœur. — J'aimerois
mieux aller pleurer seule dans un coin , — & puis
je pense aussi. —

LE MESTRE DE CAMP.

Ne vous arrêtez à aucune pensée fâcheuse ; de
grace , ma mère , confiez-moi ce que vous pensez.

R A C H E L.

Je pense que tu n'es plus comme nous , de notre
sorte , que tu es devenu trop magnifique pour nous.

LE MESTRE DE CAMP.

Trop magnifique pour vous ? — Éloignez cette
idée. Les liens qui nous unissent , ne sont-ils pas
les liens les plus tendres ? Ne me sont-ils , & ne me
seront-ils pas éternellement chers & sacrés ? Ne suis-
je pas convaincu qu'il n'y a pas de cœur au monde
auquel je sois plus cher qu'au vôtre , & le mien ne
répond-il pas à toute votre tendresse ? (*Il l'embrasse
tendrement.*) Croyez , ma tendre mère , que je vous

aime tout auſſi ſincèrement , auſſi cordialement que je vous aye jamais aimé.

RACHEL.

Je le crois , & je le mérite auſſi , mon cher enfant. Combien de triſtes nuits j'ai paſſées à pleurer à cauſe de toi , craignant toujours de ne plus te revoir.

SCÈNE XX.

Les précédens , GOTTON.

GOTTON (à part.)

Qu'eſt-il donc arrivé , que mon père me cherche & m'envoie ici ? (étonnée) Ah dieu ! encore un officier.

LE MESTRE DE CAMP (bas à ſa mère.)

Eſt-ce elle , ma mère ? (Elle lui fait ſigne , le meſtre de camp s'approche pour l'embraſſer.) Quelle aimable fille !

GOTTON (ſe défend.)

Oh ! monſieur l'officier.

RACHEL.

Comment Gotton ! Et c'eſt ton frère.

LE MESTRE DE CAMP (à Rachel.)

Les grands yeux qu'elle ouvre en me regardant. — Oui mademoiſelle Gotton , votre frère , & je penſe votre cher frère.

GOTTON (en s'approchant gaiement.)

Comment , le frère Frédéric ?

LE MESTRE DE CAMP. (*l'embraffant.*)
Charmante ingénuité !

GOTTON (*hors d'elle-même court à fa mere.*)
Oh ciel ! Ma mère, nous voici donc hors de peine ?

SCÈNE XXI.

Les précédens, RODE, L'ENROLEUR, LE
MAGISTER, MICHEL, CATHERINE, &
les payfans du village.

RODE [*montrant fon fils.*]

Tenez, monfieur le recruteur, voilà l'homme
qui veut vous payer les trente écus.

L'ENRÔLEUR (*effrayé.*)

Que vois-je ! un officier. (*Il tire refpectueufement
fon chapeau, Gotton court vers fon prétendu, les payfans
s'entre-regardent, puis ils regardent le meftre de camp,
& témoignent reconnoître en l'officier le fils de Rode.*)

RODE.

Oui mes enfans, c'eft lui, c'eft mon fils, ré-
jouiffez-vous tous avec moi ; comment pourrois-je
me réjouir affez tout feul ?

LE MESTRE DE CAMP.

Vous avez enrôlé ce jeune homme par force,
monfieur, où eft votre ordre ?

L'ENRÔLEUR *le remet avec une mine toute effrayée.*

Le voici, monfieur le capitaine.

LE M'ESTRE DE CAMP.

De quelle compagnie êtes-vous?

LE RECRUTEUR.

De la compagnie de Blumenthal.

LE MESTRE DE CAMP (*après avoir vu &*
examiné l'ordre.)

Et vous ofez me préfenter un ordre faux ? ⸺
Je connois votre capitaine, & vous ne m'êtes pas
inconnu.... Quel étoit votre deffein? D'abord d'ex-
torquer de l'argent aux fujets du roi, & enfuite,
vous trouvant ici fur la frontière, de déferter.

LE RECRUTEUR. (*d'un ton de fuppliant.*)
Monfieur le capitaine.

LE MESTRE DE CAMP.

Taifez-vous, indigne ; vous n'avez regardé l'état
de foldat que comme un privilège pour exercer des
baffeffes & des violences, il eft temps que vous foyez
puni. ⸺ (*Aux payfans.*) Arrêtez-le, mes amis, juf-
qu'à nouvel ordre ; prenez tous fes complices, &
conduifez-les chez le Fifcal. (*Ils l'emmenent, quelques-uns*
reftent.)

SCÈNE XXII & dernière.

Les précédens fans l'enrôleur.

LE M'ESTRE DE CAMP.

Venez Gotton, viens Michel, vous êtes mes
chers frère & fœur, je vous promets de venir

à vos nôces ; c'est moi qui en ferai les frais.

CATHERINE & MICHEL (*ensemble.*)

Ah ! trop cher capitaine !

LES PAYSANS (*s'approchant.*)

Ah ! le brave monsieur ! Il ne rougit pas de nous. —
Soyez le bien venu, monsieur le capitaine. — Oui,
nous avons toujours appris avec plaisir de vos chères
nouvelles. (*Le mestre de camp donne la main à chacun,
& sur-tout au magister, qui s'approche en faisant force
révérences.*)

RODE.

Tout, mon fils, tout ce que je vois m'enchante ;
je suis sûr maintenant, que, dans l'état de soldat,
tu t'es toujours conduit en honnête homme.

LE MESTRE DE CAMP.

Toujours, mon bon père, je le dois à vos
bonnes leçons, & aux sages préceptes de ma digne
mère. Je défie que l'on me nomme un endroit au
monde où l'on me maudisse ; il en est au contraire,
& beaucoup j'en suis sûr, où l'on me bénit. —
(*Il regarde sa montre*) Mais mon temps est déjà passé,
il faut, mes chers parens, que je vous quitte.

RACHEL.

Quoi ! Déjà partir ? Déjà vous en aller ?

RODE.

Oh ! Encore un moment : à peine t'avons-nous vu.

LE MESTRE DE CAMP

Il faut que je m'en aille, mes bons parens.
Croyez que mon cœur m'enchaîneroit auprès de

vous, si mon service ne me rappelloit. — Puis-je
vous demander quelque chose avant de partir ? —

R O D E & R A C H E L [*ensemble.*]

Demande, demande tout au monde.

L E M E S T R E D E C A M P.

Venez, mes chers parens, venez demeurer avec
moi. Vous gouvernerez ma maison comme si
c'étoit la vôtre, vous y regnerez comme vous
regnez dans mon cœur. Quittez ce lieu, tout ce
qui est à moi vous appartient.

R O D E & R A C H E L [*ensemble.*]

Ah cher fils!

L E M E S T R E D E C A M P.

Cependant — si vous y répugniez, — ce ne
feroit plus un bonheur pour moi : non, ce ne
pourroit en être un si vous ne pensiez pas y trouver
le vôtre.

R O D E.

Nous sommes vieux, mon fils, nous attendons
la mort, laisse-nous mourir où nous avons vécu.
Laisse-nous mourir dans cette petite maison que
nous aimons tant ; elle nous est chère ; tu y es
né. — Viens seulement nous y voir souvent, nous
t'en prions.

L E M E S T R E D E C A M P.

Oh! oui, très-certainement, j'y viendrai, &
souvent, je vous assure !

RACHEL.

Et nous, mon cher fils, nous te rendrons tes visites, nous passerons les journées ensemble ; ce seront autant de jours de fête, & soit en allant te voir, soit en te quittant, nous bénirons le ciel de nous avoir donné un fils tel que toi.

FIN.

APPROBATION.

J'AI lu, par ordre de Monseigneur le Garde des Sceaux, une Comédie traduite de l'Allemand, intitulée *la Piété Filiale*, & n'y ai rien trouvé qui doive en empêcher l'impression. A Paris, ce 29 Juin 1781. *Signé*, GUIDI.